47.   1887

NOUVELLES REMARQUES

SUR LE

TEXTE DES FASTES DE ROUEN

D'HERCULE GRISEL

Par F. BOUQUET

SOCIÉTÉ

DES

BIBLIOPHILES NORMANDS

N° 57

— .

MINISTÈRE DE L'INSTRUCTION PUBLIQUE

NOUVELLES REMARQUES

SUR LE

TEXTE DES FASTES DE ROUEN

D'HERCULE GRISEL

D'APRÈS L'ÉDITION ORIGINALE

PAR

F. BOUQUET

ROUEN

IMPRIMERIE ESPÉRANCE CAGNIARD

M.DCCC.LXXXVII

AVERTISSEMENT

Quand nous commencions, il y a déjà une vingtaine d'années, la publication des *Fastes de Rouen d'Hercule Grisel*, pour la Société des Bibliophiles normands, notre seul guide fut une copie de deux mains, faite au XVIIIe siècle, et non un exemplaire de l'édition originale, qui se déroba à toutes nos recherches. De même, pendant les cinq années que dura la publication, de 1866 à 1870, et, dans notre Étude littéraire sur cet ouvrage et sur son auteur, nous fûmes réduit à dire : « Aujourd'hui (1870), aussi bien à l'état de manuscrit qu'à celui d'imprimé, les *Fastes de Rouen* sont un ouvrage absolument introuvable [1]. »

Cependant, appliquant aux livres supposés à jamais perdus la remarque du poète latin sur la découverte des arts, loin de renoncer à tout espoir, nous pensions avec lui que : « Le temps, dans sa marche insensible, finit par tout produire au jour. »

> Sic unumquidquid paulatim protrahit ætas
> In medium.
>
> (Lucrèce, *De rerum natura*, V, vers 1454.)

Aussi, disions-nous, avec un juste pressentiment de l'avenir : « Nous ignorons si jamais on découvrira quelques exemplaires de ces deux éditions des FASTES, in-8° et in-4°, en dehors des deux mois de janvier et de novembre, les seuls connus aujourd'hui. Mais, pour la première, on ne peut en rencontrer qu'un Mois isolé, et, pour la seconde, c'est à la suite

[1]. Avertissement, p. XII.

d'un autre ouvrage de Grisel, enseveli peut-être dans le fond de quelque bibliothèque, qu'on a chance d'en rencontrer un Trimestre. Nous signalons cette remarque au bon souvenir des Bibliophiles, en la recommandant à leurs habiles investigations [1]. »

En 1878, lors de la publication d'un premier supplément intitulé : *Nouveaux documents sur Hercule Grisel et les Fastes de Rouen*, nous n'avions rien dit du texte, parce qu'aucun exemplaire de l'édition in-4° n'avait encore été découvert. Il resta donc tel que nous l'avions établi primitivement.

Mais, au mois de février 1884, le catalogue d'un libraire de Rouen, M. Métérie, nous révéla l'existence d'un Trimestre de cette édition in-4°, celui d'Été. On y lisait :

« *Hercvlis Griselli Fastorum Rothomagensium Trimestre œstivum.*
» In-4°. Il est dédié à Du Four, abbé d'Aulnay, en Normandie, et curé de
» Saint-Maclou de Rouen............................ 15 francs. »

Une heure après, nous étions chez le libraire, qui nous apprit que le volume venait de passer entre les mains de M. Edouard Pelay [2]. Avec une complaisance parfaite, due à d'anciens souvenirs classiques, le nouveau possesseur, déférant à notre désir, nous confia ce Trimestre, vainement attendu depuis longtemps, et nous en profitâmes pour collationner le texte du Trimestre d'Été avec celui de notre propre édition, établi sans le secours de l'édition originale.

Là ne devait pas s'arrêter la bonne fortune des découvertes. Le 15 septembre 1886, M. Léopold Delisle, avec le plus obligeant empressement pour l'éditeur des *Fastes de Rouen*, lui en donnait ainsi l'heureuse nouvelle :

« L'Administrateur général a l'honneur de faire part à son confrère,

1. *Etude littéraire sur Hercule Grisel*, p. 153.
2. M. E. Pelay possède aussi le *Mois de Novembre des Fastes de Rouen*, édition in-8°, acquis à la vente de M. E. Frère. Il portait le n° 441 du catalogue.

M. Bouquet, de l'entrée au département des imprimés de deux jumeaux enregistrés sous les titres suivants :

» *Herculis Griselli Fastorum Rothomagensium Trimestre hybernum.* Ad nobilissimum clarissimumque dominum D. Maignart de Bernières in suprema Parisiensi curia consiliarium.

» S. l. ni d. In-4o de 4 ff. et 40 pages.

» *Herculis Griselli Fastorum Rothomagensium Trimestre vernum.* Ad clarissimum nobilissimumque virum dominum D. Le Noble in suprema Rothomagensi curia consiliarium.

» S. l. ni d. In-4o de 36 pages. »

A nos remerciements, bien mérités, pour tant d'obligeance, était jointe la prière, toute naturelle, de nous donner quelques détails sur les circonstances de cette découverte, et, le 21 septembre 1886, M. Léopold Delisle nous écrivait encore :

« Nos deux trimestres des Fastes se sont rencontrés dans un recueil de poésies latines et d'autres anciennes impressions, que la ville de Valognes nous a cédés en échange de livres usuels. Cet échange, approuvé par le ministre de l'instruction publique, a été, je crois, aussi avantageux pour ma ville natale que pour la bibliothèque nationale. »

Nous pouvons ajouter qu'il l'a été pareillement pour la Société des Bibliophiles normands, en particulier, et pour tous les Rouennais, amis de notre histoire locale. Sans cet échange, ces deux Trimestres seraient restés enfouis, peut-être à jamais, dans la bibliothèque de Valognes, où personne n'en avait soupçonné jusque là l'importance. Il s'y joignit encore l'heureuse chance pour nous, que, remis à la Bibliothèque nationale, ils y trouvèrent un administrateur général, toujours curieux de ce qui concerne Rouen et sa chère Normandie, et voulant bien, en sa qualité de Normand et de membre de notre Société, porter quelqu'intérêt à la publication des *Fastes de Rouen.*

Peu de temps après avoir obtenu ces précieux renseignements, nous étions à Paris, où M. L. Delisle nous les confirmait de vive voix, et où

2

M. O. Thierry, le conservateur de la Bibliothèque nationale pour le département des imprimés, nous donnait l'hospitalité, dans l'hémicycle de la salle de travail, en nous mettant en tête-à-tête avec les deux Trimestres des *Fastes de Rouen*, recouvrés d'une façon des plus heureuses.

Le recueil qui les renferme porte, sur une fiche détachée, les indications suivantes : « P. Z. 285-294. » Il se compose de dix pièces latines et françaises, en vers ou en prose, toutes in-4°, en comprenant les deux Trimestres sous une indication unique, bien que formant deux publications distinctes. Ces pièces sont toutes du xviie siècle, avec une couverture en velin de la même époque.

Sur le titre de la première on lit ces mots, d'une ancienne écriture : *Ex libris Seminarii Vallionensis*. Le recueil a donc appartenu à la « Bibliothèque du Séminaire de Valognes ». Il contient aussi deux autres publications de Grisel, et deux pièces, imprimées à Rouen, concernant des personnages et des faits se rattachant à notre ville [1]. Envoyées d'office ou sur une demande de Valognes, ces six pièces, réunies dans un même recueil de son séminaire, permettent de supposer des rapports suivis, de curiosité ou d'amitié, entre ce séminaire et quelques habitants de Rouen, qui ne l'oubliaient pas dans la distribution des pièces publiées à Rouen, et dont notre ville était l'objet.   )

Ces deux Trimestres sont bien dépourvus de toute indication bibliographique, comme le démontrait leur addition postérieure sur la copie ayant servi à notre édition. Il en était ainsi, dans l'édition originale, parce que, suivant une remarque déjà faite, ces deux Trimestres faisaient partie du quatrième livre des poésies latines d'Hercule Grisel, *La Sylve des*

---

1. Les deux pièces de Grisel sont les deux premiers livres des *Métamorphoses révélées*, formant deux publications distinctes. (Etude littéraire, p. 196, et, plus loin, Supplément à la bibliographie des œuvres de Grisel, p. 24.) La première des deux autres est l'éloge funèbre de Jacques Poerier, conseiller au Parlement de Rouen, par de Sebourg, longue épitaphe de trois pages, en prose latine, et non en vers latins, comme le dit le *Biblio-*

Oréades, ce qui rendait superflues, dans l'imprimé, les indications bibliographiques du titre général. Mais J.-A. Guiot les avait complétées, sur la copie, en mettant de sa main, au-dessous du titre donné par le transcripteur, cette addition prise dans l'édition originale : *Lutetiæ apud Gervasium Alliot, in palatio, juxta sacellum Divi Michaelis. 1643. Cum privilegio Regis*[1].

La découverte de l'édition *princeps* de ces deux Trimestres d'Hiver et de Printemps a son importance pour élucider plusieurs points obscurs concernant leur publication et le texte.

Il est certain aujourd'hui qu'ils furent publiés en même temps, puisqu'on les trouve réunis dans le recueil de Valognes, comme l'indiquait déjà une note manuscrite de Guiot : « Ses œuvres consistent en quatre livres de vers latins imprimés à diverses reprises, et comme feuille à feuille, mais tous à Paris, chez Gervais Alliot....

« Le quatrième en la même année 1643, intitulé OREADUM SYLVÆ, de Christo et B. Matre, cum prioribus Fastorum[2]. »

Dédiés à deux Mécènes différents, le Trimestre d'Hiver à Maignart de Bernières, et celui de Printemps à Le Noble, ces deux Trimestres portent une pagination distincte[3]. Mais la publication en avait fait « deux jumeaux », suivant la remarque de M. L. Delisle[4].

Une particularité à signaler, dans ces deux premiers Trimestres, c'est que la correction de plusieurs fautes typographiques est faite à la main,

---

graphe normand, t. II, p. 520. La seconde est un discours du P. Commire : « De arte parandæ famæ » etc., mentionné par M. E. Frère, *ibid.*, t. I, p. 260, et qui se trouve à la Bibliothèque publique de Rouen, catalogue des Belles-Lettres, n° 2931, p. 418.

1. Etude littéraire, p. 147.
2. Voir Etude littéraire, pages 56, 57, 147, 194 et 195.
3. Etude littéraire, pages 55, 143 et 160.
4. Voir plus haut, p. IX.

au-dessus du mot où la faute existait. C'était un retour au passé. On procédait ainsi, avant que le célèbre imprimeur Henri Etienne eût donné l'exemple d'imprimer, à la fin du volume, sous le titre d'*Errata*, les fautes échappées à l'impression.

On y lit même une correction manuscrite, qui ne peut venir que de Grisel. Elle est dans le Mois de Janvier, dont le vers 355 [1], à propos des Bruyères de Saint-Julien, à Rouen, était primitivement :

> Hic habitant monachi Catharinæ in vertice *quondam*
> Gens sita.

Ce mot *quondam* (autrefois) était fort juste, parce qu'à l'époque où Grisel l'écrivait, les religieux de l'abbaye de la Sainte-Trinité-du-Mont-de-Rouen ou de Sainte-Catherine avaient quitté cette abbaye pour se retirer au faubourg Saint-Sever, à Saint-Julien. Mais, comme deux vers plus bas Grisel disait :

> Carolus en Magnus colitur, qui gallica *quondam....*

pour éviter la répétition du même mot, il l'a remplacé par l'épithète suivante :

> Hic habitant monachi Catharinæ vertice *celso....*,

Par cette correction le texte perd en exactitude historique ce qu'il gagne en variété d'expression.

La découverte de l'édition *princeps* de ces deux premiers Trimestres a encore une autre importance, bien plus considérable : c'est de permettre

---

1. On a numéroté aussi, à la main, plus tard, les vers de ces deux Trimestres, d'une façon imparfaite et non uniforme. Celle du Mois de Janvier ne répond pas à la nôtre, à cause d'une addition dont il sera parlé plus loin. Ce vers est le 379e de notre édition, p. 19.

d'établir le vrai texte de notre auteur, ce que nous n'avions pu faire avec une certitude absolue. Condamné que nous étions à nous servir d'une copie reconnue défectueuse pour ces deux Trimestres, les corrections introduites par nous, d'après nos suppositions personnelles, pouvaient bien s'éloigner du texte original. Leur nombre s'élevait à près d'une quarantaine, et nous avons eu la satisfaction de voir que, sauf pour quelques-unes, les leçons du texte véritable avaient été retrouvées.

La copie du Trimestre d'Été étant bien meilleure que celle des deux précédents, notre tâche avait été plus facile et moins périlleuse. Mais enfin Guiot lui-même avait bien pu commettre quelques inexactitudes dans la transcription. Aujourd'hui, grâce à l'obligeance de M. Edouard Pelay, nous arriverons, pour ce Trimestre encore, à une certitude absolue dans l'établissement du texte, qui n'existait qu'à l'état de présomption, plus ou moins justifiée.

De toutes ces ressources bibliographiques, aussi nouvelles qu'intéressantes, nous tirerons :

1° L'établissement définitif du texte de notre auteur ;

2° La constatation des mauvaises lectures de notre transcription personnelle ;

3° Le complément des omissions et lacunes, tant pour le texte que pour les manchettes, dans la copie du XVIIIe siècle ;

4° Des remarques rectificatives sur quelques-unes de nos observations antérieures ;

5° La bibliographie plus exacte et plus complète, au moins pour leur disposition, des titres des *Fastes*, et l'indication d'un autre ouvrage de Grisel, resté complètement inconnu jusqu'à présent.

Enfin viendra la conclusion de cette troisième Étude, destinée plus spécialement à l'établissement du texte, après celles de 1870 et de 1878, faites, ainsi que l'édition elle-même de tout l'ouvrage, sans le secours précieux des deux exemplaires retrouvés récemment.

La publication de ces *Nouvelles remarques sur le texte des Fastes de*

Rouen d'Hercule Grisel s'imposait donc, après la découverte des trois Trimestres de l'édition originale.

Aussi notre Société des Bibliophiles normands n'a-t-elle pas failli à son devoir, en votant, à l'unanimité, dans sa séance générale du 2 décembre 1886, ce second supplément de notre ancien travail.

NOUVELLES REMARQUES

SUR

LES FASTES DE ROUEN

NOUVELLES REMARQUES

SUR LES

FASTES DE ROUEN.

———

Pour mettre plus d'ordre dans ces Remarques, et pour aider à retrouver plus commodément les passages qui en sont l'objet, nous les présenterons, en suivant rigoureusement la division par Trimestres et par Mois, telle qu'elle se trouve dans notre édition, de 1866 à 1870.

I. — TEXTE.

Avant d'arriver aux remarques particulières, nous constaterons, d'une façon générale, que les trois Trimestres de l'édition originale ayant été imprimés, les deux premiers, en 1643, et le dernier quelques années plus tard, n'ont pas la distinction de l'*i* voyelle et du *j* consonne, que nous avons introduite dans le texte. L'imprimeur de Grisel, Alliot, ne pouvait pas suivre un mode d'impression que Corneille imagina, l'un des premiers, dans l'édition de son *Théâtre*, en 1664. Nous ne dirons rien non plus des grandes lettres répan-

3

dues à profusion, ni des accents placés inutilement sur certains mots du texte latin que nous avons supprimés, bien qu'ils soient dans l'édition originale. Ces détails seraient sans intérêt pour le fond de l'ouvrage, pour le sens du texte de l'auteur, la seule chose importante à signaler au lecteur.

TRIMESTRE D'HIVER.

JANVIER.

Édition des Bibliophiles normands.				Édition originale de Grisel.
PAGES	6, Vers	20,	*suscipe*[1],	suspice.
»	13, »	212,	*vitreas*,	vireas[2].
»	19, »	259,	*myricam*,	miricam[3].
»	19, »	360,	*myrica*,	mirica.
»	19, . »	379,	*celso*,	quondam[4].

FÉVRIER.

PAGES	23, Vers	6,	*Lexovii*,	Lexobii[5].
»	24, »	24,	*hibernas*,	hybernas.
»	26, »	89, .	*Aasberto*,	Ausberto.
»	29, »	155,	*pyxide*,	pixide[6].

[1] La mauvaise lecture de ce mot s'est reproduite assez souvent.
[2] Faute d'impression évidente.
[3] Moins exact que notre correction.
[4] Voir, ci-dessus, AVERTISSEMENT, p. XII.
[5] Forme inusitée résultant d'une mauvaise lecture.
[6] Moins exact, le mot venant du grec Πυξίς.

MARS.

Édition des Bibliophiles normands.					Édition originale de Grisel.
PAGES	38,	Vers	66,	*magna,*	magnæ.
»	38,	»	68,	*suscipiunt,*	suspiciunt.
»	38,	»	70,	*carus,*	charus.
»	39,	»	87,	*exstet,*	extet.
»	40,	»	119,	*hic,*	(*Néant* [1]).
»	44,	»	204,	*secula,*	sequuta.
»	45,	»	237,	*feretrum,*	pheretrum.
»	45,	»	251,	*pyxis,*	pixis.
»	46,	»	264,	*Ænetia,*	Œnetia [2].
»	50,	»	358,	*baltous,*	baltheus.

TRIMESTRE DE PRINTEMPS.

AVRIL.

Dédicace, ligne 8,				*suscipiunt,*	suspiciunt.
PAGES	137,	Vers	4,	*Japeto,*	Iapeto.
»	137,	»	8,	*causidicos,*	caussidicos [3].

MAI.

PAGES	145,	Vers	10,	*Ityn,*	Itym [4].
»	147,	»	63,	*caram,*	charam.

[1] Nous nous servirons de ce mot pour indiquer qu'il n'y a rien dans l'un des deux textes. Ici le mot *hic*, omis dans l'imprimé, a été ajouté à la main.

[2] Ce mot est préférable, la cloche s'appelant : *Ouïnet.*

[3] On écrivait *causa* et *caussa*, et Grisel a préféré la seconde manière.

[4] Forme latine, l'autre est grecque.

Édition des Bibliophiles normands.				Édition originale de Grisel.
PAGES 148,	Vers	87,	*toris,*	thoris.
» 148,	»	92,	*optavit,*	optarit.
» 149,	»	107,	*Ansbertus,*	Ausbertus.
» 161,	»	419,	*carœ,*	charæ.

JUIN.

PAGES 166,	Vers	53,	*britannos,*	batavos [1].
» 169,	»	139,	*Presbyteri.*	Presbyteris [2].
» 170,	»	165,	*ab Honore.*	, ab Honore,.

· TRIMESTRE D'ÉTÉ.

Dans le titre : *Pastorem,*	Rectorem.
Épitre, ligne 17, *non spernant,*	nec spernant.

[1] Le texte du transcripteur supprimait les « Hollandais », que Grisel avait mis, et justement, Rouen faisant un grand commerce avec la Hollande, comme nous l'avions dit dans la note 28 de la page 220, où, pour expliquer le texte fautif, nous avions mis : « Anglais et Bretons. »

[2] Le transcripteur avait mis d'abord ce texte, qu'il est impossible de construire grammaticalement :

> *Bissenisque humeris pheretrum statuamque tulere*
> *Presbyteris.*

Une autre main a supprimé l's final des mots *humeris* et *Presbyteris.* Mais l'imprimé donne bien *Presbyteris* et *Bisseni,* ce qui n'est pas plus clair. Le sens autorise notre leçon, en n'élidant pas l'*i* de *Presbyteri,* ce qui est permis.

JUILLET.

Édition des Bibliophiles normands.				Édition originale de Grisel.
Pages 251,	Vers 147,	*astat,*		astet.
» 253,	» 209,	*hoc,*	.	hac [1].

AOUT.

Pages 257,	Vers 63,	*vetusque modus,*	modusque vetus.
» 265,	» 264,	*tempora,*	tempore [2].

SEPTEMBRE.

Pages 269,	Vers 15,	*santhilarœa,*	santilaræa.
» 275,	» 150,	*retudit,*	retulit [3].

[1] Avec raison, puisque ce mot se rapporte à *œde.* On pouvait lire aussi bien l'un que l'autre dans la copie.

[2] Nos Remarques sur la versification avaient proposé cette correction, p. 385. .

[3] Héraclius « rapporta » la croix. Voir, p. 364, la note 67. Le mot du copiste n'avait pas de sens acceptable.

II. — MAUVAISES LECTURES

DE NOTRE TRANSCRIPTION PERSONNELLE.

Comme nous l'avons dit, nous nous étions imposé la tâche de transcrire la copie du xviiie siècle possédée par M. E. Frère, afin de remettre notre transcription à l'imprimeur, pour que cette copie unique pût « échapper à tous les hasards de l'impression [1]. »

Dans ce travail, dérouté par l'écriture souvent confuse du copiste, il nous est échappé plusieurs mauvaises lectures du texte, en croyant voir un mot latin au lieu d'un autre.

Ne voulant pas qu'on impute aux deux copistes du xviiie siècle les fautes qu'ils n'ont pas faites, nous les prenons à notre compte, en réclamant toutefois le bénéfice des circonstances atténuantes, au moins pour quelques-unes de nos mauvaises lectures, tant la condition matérielle de la copie, surtout pour les deux premiers Trimestres, les rendait faciles, malgré son apparence de netteté. Ce n'est même qu'à l'aide du texte imprimé qu'il a été possible de nous convaincre de nos erreurs, en le rapprochant de la copie qui avait servi à notre édition.

[1] AVERTISSEMENT, p. xiii, en tête de notre édition.

Nous avons pu le faire, grâce à une circonstance heureuse. Cette copie, possédée autrefois par M. E. Frère[1], est passée aujourd'hui entre les mains de notre confrère M. Charles Lormier, qui nous l'a communiquée, avec son obligeance ordinaire. Sans cela, nous aurions pu conserver l'illusion de croire que toutes nos lectures avaient été conformes au texte de la copie du xviiie siècle, faite sur l'imprimé de Grisel.

TRIMESTRE D'HIVER.

JANVIER.

	Édition des Bibliophiles normands.	Édition originale de Grisel.
PAGE 20, Vers 388,	*Antonius,*	Ausonius [2].

MARS.

				Édition des Bibliophiles normands.	Édition originale de Grisel.
PAGES	37,	Vers	30,	*Benedicti.*	Benedictini [3].
»	42,	»	173,	*contemnit.*	consumit [4].
»	45,	»	336,	*patinam,*	palmam [5].
»	46,	»	340,	*discam,*	discas.
»	46,	»	366,	*clara viri,*	clara sui.

[1] Elle figurait sous le n° 440 du Catalogue de la vente de sa bibliothèque, qui eut lieu en 1874.

[2] Le « Pater ausonius » est « le Pape », le nom poétique de l'Italie étant l'Ausonie.

[3] Sans cela le vers est faux ; il lui manque une syllabe.

[4] L'Océan « reçoit », « engloutit » la Seine dans son sein.

[5] « La palme » portée par chaque chanoine le jour des Rameaux.

Édition des Bibliophiles normauds.				Édition originale de Grisol.
PAGES	50,	Vers 360,	*Æsculum,*	Æsculeum [1].
»	50,	» 395,	*tota,*	toto [2].

TRIMESTRE DE PRINTEMPS.

MAI.

PAGES	149,	Vers 101,	*venit,*	vænit [3].
»	149,	» 106,	*sanxerat,*	struxerat.
»	153,	» 218,	*angusta,*	augusta.
»	154,	» 240,	*electam,*	electum [4].
»	155,	» 253,	*stramen,*	stamen [5].
»	159,	» 358,	*Neustria,*	Neustrica.

JUIN.

PAGES	170,	Vers 155,	*Abrincensis,*	Arboricensis.
»	170,	» 163,	*his,*	bis aurea [6].

[1] Autrement le vers est faux : « Æsculeum nemus », « une avenue de chênes. »

[2] Se rapporte à *versu.*

[3] Les deux formes sont usitées.

[4] Se rapporte à *reum,* « le prisonnier choisi ».

[5] Un « tissu » au lieu d'une « couverture ».

[6] Jour « deux fois précieux » par les fêtes de saint Pierre et de saint Paul.

TRIMESTRE D'ÉTÉ.

JUILLET.

Édition des Bibliophiles normands.	Édition originale de Grisel.
PAGE 250, Vers 125, *decubitur*,	decubitu [1].

AOUT.

PAGE 266, Vers 280, *virent* [2],	ruent.

SEPTEMBRE.

PAGE 281, Vers 308, *ponant*,	ponunt.

---

[1] « Decubitus, ûs », nom forgé par Grisel pour indiquer le mode de couchage des Carmes dans leur cellule.

[2] Ce mot peut se lire aussi bien que l'autre ; mais *ruent* est le vrai mot, d'où résulte le contraire de la note 143 de la page 340. Le sens est que : « Les tombeaux des d'Amboise finiront par s'écrouler un jour à venir. »

III. — OMISSIONS ET LACUNES

DANS LES COPIES DU XVIIIe SIÈCLE.

Ces omissions et ces lacunes des deux copistes portent sur deux parties distinctes, le Texte et les Manchettes, que nous allons passer successivement en revue.

1º *TEXTE.*

Le Mois de Janvier de la copie ne contient que 310 vers. Averti par le manque de sens, dans le texte du copiste, cette lacune ne nous avait pas échappé, et nous l'avions comblée à l'aide du texte de l'édition in-8° de ce même Mois[1]. Elle portait en majeure partie sur les Étrennes et sur la description de la Fête des Rois. Mais notre emprunt avait été trop considérable, puisque le Mois de Janvier de notre édition compte 454 vers, tandis que l'édition originale de Grisel n'en a que 430. Il y avait donc 24 vers de trop, dont la place nous a été révélée par l'édition in-4°, du temps de Grisel. Elle se trouve à deux endroits différents.

[1] Voir AVERTISSEMENT, p. IV, en tête de notre édition.

Nous avons mis en trop les 22 vers qui commencent par :

> CURIA *te nostro dicam suprema Novembri...*,

et qui finissent par ces mots :

> *Exortu Reges quæ rediisse monet*[1].

Grisel devait les supprimer, puisque, dans cette édition in-4°, il avait renoncé à son plan primitif de publier les *Fastes de Rouen*, Mois par Mois, pour adopter la publication par Trimestres, et que, de plus, il avait sagement renoncé à tous ces détails astronomiques, suivis de rapprochements forcés entre le lever, le coucher des constellations et certains faits de l'Écriture sainte[2].

Il a retranché encore ce distique, où il prêtait aux fabricants de chandelles l'intention de supprimer les chandelles des Rois, qu'ils étaient dans l'habitude de donner à leurs pratiques :

> *Candelæ artifices nobis ea munera donant.*
> *Parcere sed donis vellet avaritia*[3].

Après le retranchement de ces 24 vers, le Mois de Janvier de notre édition aura donc 430 vers, comme l'édition donnée par Grisel lui-même.

---

[1] Pages 8-9, vers 83-104.

[2] Voir notre Étude littéraire, pp. 138-139, et pp. 159-160.

[3] Page 11, vers 163-164. — Les épiciers de Rouen ont conservé cet usage jusqu'en 1848 environ.

Au mois de Février, le copiste avait mis :

Quam longa est junctis ripa carinis.

Pour signaler l'absence d'un pied, qu'il nous était impossible de suppléer, nous avions ainsi présenté ce vers :

Quam longa est junctis... ripa carinis[1].

L'édition *princeps* de Grisel le complète de la sorte :

Quam longa junctis prætexta est ripa carinis,
Castello a veteri, ponteque semiruto.

« Sur quelle longueur le quai est couvert de navires sans nulle interruption, depuis le Vieux-Palais jusqu'au Pont à demi détruit! » Il n'y avait de quai que sur la rive droite, et l'épithète « prætexta » est de toute justesse ; car, du temps de la navigation à voiles, la proue des navires touchait le quai et ils le couvraient de leur beaupré, comme on le voyait encore dans la première moitié de notre siècle.

Le changement introduit par le copiste, dans l'ordre des mots, prouve qu'il ne s'était pas rendu compte de la dernière syllabe de « longa » devenant longue par césure.

2º *MANCHETTES.*

Le système suivi par Grisel pour les manchettes n'a pas été toujours uniforme dans l'édition in-4º des *Fastes*. Ainsi, tandis que celles des deux premiers Trimestres d'Hiver et de Printemps, publiés en même temps, sont dépourvues de toute

---

[1] Page 25, vers 67.

date, le troisième Trimestre en a presque partout, après le texte de la manchette.

Le premier copiste n'est donc pas coupable d'avoir supprimé des dates dans les deux premiers Trimestres, comme il l'est d'avoir retranché ou modifié le texte de ces manchettes.

Guiot s'est bien gardé, dans sa copie du Trimestre d'Été, de prendre les mêmes libertés avec son texte. A voir notre édition, on pourrait le croire ; mais il n'en est rien. C'est nous qui avons supprimé les dates qu'il avait mises, parce que nous n'en avions pas trouvé ni placé dans les deux premiers Trimestres, plus fidèle en cela à l'uniformité qu'à l'exactitude.

Nous allons rétablir le texte des manchettes dans son intégrité, et ce rétablissement, au mérite de donner un texte complet, joindra celui de fixer la date de certaines fêtes, que nous n'avions pu déterminer d'une façon ni aussi complète ni aussi précise.

TRIMESTRE D'HIVER.

JANVIER.

Édition des Bibliophiles normands.			Édition originale de Grisel.
PAGES	7, En face du Vers 60. 1 *Dis*,		Circumcisio.
»	7, Vers	62, (Néant),	Strenæ.
»	7, »	69, (Néant),	Circumcisionis festum.
»	8, »	77, (Néant),	Iudicum minorum evocatio.
»	10, »	145, *Regna nonnulla*,	Regna solenniora [1].

[1] Dans l'Imprimé de Grisel, le vers en face duquel se trouve cette

Édition des Bibliophiles normands.					Édition originale de Grisel:
PAGES	11,	Vers	166,	*Commoda urbis,*	Commoda Rothomagi.
»	11,	»	169,	(Néant),	Forum boarium.
»	11,	»	171,	(Néant),	Fons Ianæ
					puellæ.
»	12,	»	183,	(Néant),	Forum suarium.
»	21,	»	431,	*Urbis horologium* [1],	*(Néant).*

FÉVRIER.

PAGES	31,	Vers	225,	*Setevilla,*	Larvati.
»	32,	»	227,	(Néant),	Setevilla [2].
»	33,	»	263,	*Revocatio minorum, etc.,*	Evocatio minorum, etc.

MARS.

PAGE	41,	Vers	146,	*Æstu Oceani,*	Æstus Oceani.

TRIMESTRE DE PRINTEMPS.

AVRIL.

PAGES	140,	Vers	87,	*Franciscus, etc.*	⟩ Sanctus Franciscus, etc.
»	143,	»	165,	(Néant),	S. Marcus.
»	153,	»	213,	(Néant),	Ritus eligendi rei.

manchette, porte le chiffre de 123, à cause de l'addition des 22 vers en trop, dont il a été question plus haut, p. 11. Il en sera de même jusqu'à la fin du Mois de Janvier. Mais nous nous bornerons à l'indication du vers de notre édition, près duquel se trouve ou ne se trouve pas la manchette de Grisel.

[1] Ces mots ont été ajoutés par une autre personne que le copiste de ce Trimestre, ce qui explique leur absence dans l'édition originale.

[2] Au vers 233, *Setevilla* est en petites capitales.

TRIMESTRE D'ÉTÉ.

JUILLET.

Édition des Bibliophiles normands.			Édition originale de Grisel:
PAGES 248,	Vers	91, *Semestre Computorum,*	Idem[1], 1.
» 248,	»	92, *Visitatio B. V. Mariæ,*	Visitatio B. Virginis, 2.
» 249,	»	99, *Scabinorum electio,*	Id., 4.
» 249,	»	117, *Carmelit. festum,*	Carmelitarum festum,
		S. Helias,	S. Helias, 20.
» 250,	»	129, *S. Margarita,*	Id., 20.
» 250,	»	133, *S. Magdalena,*	Id., 22.
» 251,	»	169, *Sol in Leone,*	Id., 23.
» 252,	»	252, *S. Jacobus,*	Id., 25.
» 253,	»	200, *S. Anna,*	Id., 26.
» 253,	»	217, *S. Germain,* (sic).	Id., 31.

AOUT.

PAGES 255,	Vers	1, *Electio consulis,*	Idem, 1.
» 256,	»	29, *S. Dominicus,*	Id., 4.
» 356,	»	35, *S. Maria ad nives,*	Id., 5,
» 256,	»	41, *Transfiguratio,*	Id., 6.
» 257,	»	49, *S. Laurentius,*	(Néant[2]).
» 257,	»	58, *S. Clara,*	Id., 12.
» 258,	»	83, *Pervigilium Assumptionis,*	Id., 14.
» 260,	»	131, (Néant),	Turris Butyracea.

[1] Au lieu de répéter les mêmes mots, nous mettrons : *Idem,* ou *Id.* quand la date seule est en plus. — La date que Guiot a mise au-dessus du texte de la manchette, Grisel la plaçait au-dessous.

[2] « S. Laurentius, 10, » a été ajouté, à la main, sur l'Imprimé.

Édition des Bibliophiles normands.	Édition originale de Grisel.
PAGES 262, Vers 177, (Néant),	S. Stephani parœcia.
» 264, » 249, *Curia Subsidiorum vacat,*	Id., 15.
» 265, » 255, *S. Agapitus,*	Id., 18.
» 265, » 261, *S. Bernardus,*	Id., 20.
» 266, » 281, *S. Bartholomœus,*	Id., 24[1].
» 266, » 285, *S. Odoeni exsequiæ,*	S. Odoënus.
» 267, » 307, *S. Ludovicus,*	Id., 25.
» 267, » 317, *S. Augustinus,*	Id., 28.
» 267, » 321, *S. Vivianus,*	(*Néant*).
» 268, » 268, *Decollatio*	Decollatio S.
S. Joannis Baptistæ.	Ioannis, 29.

SEPTEMBRE.

PAGES 275, Vers 147, *Exaltatio S. Crucis,*	Id., 14.
» 275, » 159, *S. Synnerius,*	Id., 18.
» 275, » 161, *S. Matthœus,*	Id., 22.
» 279, » 261, (Néant),	Natalis Ludouici XIII die 27.
» 280, » 285, *S. Michael,*	Id., p. 29.

[1] L'imprimé portait **25**, qui a été corrigé à la main.

IV. — REMARQUES RECTIFICATIVES

SUR QUELQUES-UNES DE NOS OBSERVATIONS.

———

L'AVERTISSEMENT portait que « la lacune du Mois de Janvier était de 144 vers ». (pp. IV et XI.) L'édition de Grisel a montré qu'elle n'était que de 24 vers, de sorte que le Trimestre d'Hiver, au lieu de se composer de 1160 vers, comme dans notre édition, n'en a plus que 1136 dans l'édition originale de Grisel.

Les deux autres Trimestres ayant le même nombre de vers, celui du Printemps, 894, et celui d'Été, 906, dans les deux éditions, le nombre total de ces trois Trimestres est donc de 2936 vers et non 2960, comme on pourrait le croire, d'après notre édition[1].

— Page V de l'AVERTISSEMENT.

Le Mois d'Avril étant fort court (182 vers seulement), nous

[1] Ces chiffres s'éloignent de ceux de la p. VIII de l'AVERTISSEMENT en tête de l'Etude littéraire, parce que la transcription du copiste était incomplète, en janvier, ainsi qu'il vient d'être dit.

avions cru à l'existence d'une lacune dans le texte de ce
Mois, comme dans celui du Mois de Janvier. Il n'en est rien.
Le copiste a transcrit complètement le texte imprimé de
Grisel. Cette partie de l'Avertissement est donc à supprimer.

— Trimestre d'Hiver, Mois de Janvier, p. 22, vers 437.
Notre correction :

Luna (suum) vario vultum pro tempore mutat,

qui remettait le vers sur ses pieds, n'est pas justifiée par le
texte imprimé de l'édition originale. Il porte, en effet :

Luna semper vario vultum, pro tempore mutat.

Le vers est faux, mais on doit l'imputer, sans doute, à
l'imprimeur et non à Grisel, comme nous l'avions supposé,
dans une Remarque sur la versification[1].

En le citant ainsi, Millin et M. de la Quérière avaient
reproduit le texte de l'édition in-4°, dont nous nous sommes
écarté, au profit de la prosodie. Ils ont négligé de dire que le
vers était faux.

— Trimestre d'Hiver, Janvier, p. 23, vers 9.

Et pluviale tegit dicentem, et sustinet umbo.

Umbo n'est pas le mot de l'Imprimé pour signifier « Am-
bon ». Il donne « Ambo ». Le premier avait été préféré,

_____

[1] Page 130 de notre édition.

à cause de la confusion possible avec « Ambo », « tous les deux ».

Ambo florentes œtatibus, Arcades ambo.

VIRGILE, *Eglogues,* VII, vers 4.

— Trimestre d'Hiver, Février, p. 34, vers 281.

Si bissexta fluet, retroacta luce recedit.

Le mot « retroacta » avait été introduit, d'après Guiot, citant ce passage. (Voir nos Remarques sur la versification, p. 131.) Nous l'avions adopté, parce que le texte de la copie du XVIIIᵉ siècle avait été lu : « retronna », le copiste devançant ces belles écritures anglaises de nos jours, où le lecteur confond perpétuellement les *i*, les *e*, les *u*, les *n*, les *m*, les *a*, les *o*, etc., ce qui en rend la lecture à peu près impossible.

L'Imprimé nous a fait seul découvrir qu'il y avait là deux mots : « retro unâ ». Le sens reste le même, avec l'un ou l'autre mot : « S'il y a bissexte, la fête de saint Mathias recule d'un jour. »

Si bissexta fluet, retro una luce recedit [1].

— Trimestre d'Hiver, Mars, p. 49, vers 339 et p. 126.

Pentane MAGNARTUM *triplicis legis ordine phyllis?*

a été mis à tort au lieu de la leçon du copiste :

Pentane MAGNARTUM *triplicis legis ordine phylli?*

---

[1] Voir p. 103, notes 86 et 87 de notre édition.

car « Phylli » est aussi le mot de l'Imprimé, parce qu'on disait : « Pentaphyllon, Pentaphylli », pour signifier : « Quintefeuille ». Le mot se trouve dans Pline. « Triplicis » se rapporte à « phylli », qu'il faut joindre à « Penta ». Le sens est : « Remarques-tu les trois quintefeuilles des Maignart[1]? »

— Trimestre d'Hiver, Mars, p. 51, vers 384.

Le copiste avait lu et mis, dans la description du château de la Rivière-Bourdet, à propos d'un cadran solaire qui s'y trouvait :

Hora quarta est, signat, sole ferente diem.

Le vers était faux, et, croyant à un simple déplacement du mot, nous l'avions rétabli, en mettant :

Quarta hora est, signat, sole ferente diem.

Il n'était guère possible d'expliquer ce vers avec ce mot de « quarta », que n'avait pas mis Grisel, dont le texte était :

Hora quota est, signat, sole ferente diem.

« Un jeune enfant indique l'heure sur un cadran solaire ; » mot à mot : « Quelle heure il est. »

— Trimestre d'Hiver, sommaire du mois de Janvier, p. 53.

Après les mots : « Coutume abolie », il faut ajouter ceux-

---

[1] Le mot « Pentaphyllon » est formé du grec Πέντε, cinq, changé en Πέντα, dans les mots composés, et de Φύλλον, feuille.

ci : « Saint-Charlemagne. — Diminution du froid », pour traduire les manchettes du texte de la page 19.

—ʼTrimestre d'Été, Juillet, p. 250, vers 381.

Grisel a bien mis, dans son édition, en parlant de l'hôpital de la Madeleine :

> *quæ incendia partim*
> *Abstulit.*

C'est par inadvertance qu'il s'est permis cet étrange barbarisme, dont nous voulions l'absoudre, à tort, en proposant « incensio », à la page 281, dans nos Remarques sur la versification.

— Trimestre d'Été, Août, p. 235, vers 5 et 6.

Notre ponctuation a été celle-ci :

> *Institor eligitur ; creber legit institor illum.*
> *Accipe qua consul jus ratione facit.*

L'Imprimé porte une autre ponctuation :

> *Institor eligitur, creber legit institor illum ;*
> *Accipe quâ consul jus ratione facit.*

Le sens reste le même, tel que l'indique la note 4 de la page 308.

Trimestre d'Été, Août, p. 260, vers 146.

Le copiste avait mis :

> *Augusti fuerat tamque secunda dies.*

Nous avions ainsi corrigé le vers :

Augusti fuerat tumque secunda dies.

L'édition de Grisel porte :

Augusti fuerat jamque secunda dies.

— Dans les Remarques sur la versification de la page 385, celle de la ligne 5, concernant le vers 233, ne devrait pas se trouver dans le Mois d'Août. Elle fait partie du Mois de Septembre, et doit être reportée à la page 387, à la ligne 3.

La ponctuation proposée dans cette Remarque est bien celle de l'Imprimé :

Vera, senex retulit, monet hæc; incendia, nobis, etc.

« Cette vieille femme, reprit un vieillard, dit vrai ; les incendies, etc. »

Cette fois, Grisel a fait de « Incendia » un nom pluriel neutre, ce qu'il est en effet, et non plus un nom féminin singulier[1].

---

[1] Voir plus haut, p. 21.

SUPPLÉMENT A LA BIBLIOGRAPHIE

DES ŒUVRES D'HERCULE GRISEL.

————

Bien que nous ayons déjà donné, dans la Bibliographie des ouvrages de Grisel, celle des *Fastes*[1], nous n'hésitons pas à la reprendre ici, parce que la découverte des trois exemplaires de l'édition originale nous a révélé des détails inconnus sur le texte et sur la disposition des titres. Nous y joindrons celle d'un quatrième ouvrage, dont nous avons déjà parlé, et d'un cinquième, complètement inconnu jusqu'ici.

En voici les titres, fidèlement reproduits, avec la différence des caractères employés pour chacun d'eux.

TRIMESTRE D'HIVER.

HERCVLIS | GRISELLI | FASTORVM | ROTHOMA-GENSIVM | TRIMESTRE HYBERNVM, | AD NOBILIS-SIMUM | CLARISSIMVMQUE DOMINVM | D. MAIGNART | DE BERNIERES | IN SUPREMA PARISIENSI CURIA | CON-SILIARIUM [2].

[1] Étude littéraire, pp. 194-195.
[2] Voir, pour les différences, p. 194 de l'Étude littéraire.

In-8° de 44 pages.

Titre et Dédicaces, 4 pages non numérotées et 40 pages pour le texte.

Janvier, 430 vers, pages 1-15.

Février, 306 vers, pages 16-26.

Mars, 400 vers, pages 27-40.

Ce Trimestre a donc 1136 vers.

TRIMESTRE DE PRINTEMPS.

HERCVLIS | GRISELLI | FASTORVM | Rothoma-gensivm | TRIMESTRE VERNVM | AD CLARISSIMVM | Nobilissimumque Virum Dominum | D. LE NOBLE | In Suprema Rothomagensi Curia | Consiliarivm[1].

In-4° de 36 pages.

Titre et Dédicace, 4 pages comprises dans la pagination.

Avril, 182 vers, pages 5-11.

Mai, 484 vers, pages 12-28.

Juin, 228 vers, pages 29-36.

En tout 894 vers.

TRIMESTRE D'ÉTÉ.

HERCVLIS | GRISELLI | FASTORVM | Rothomagen-sivm | TRIMESTRE ÆSTIVVM | AD NOBILISSIMVM | Clarissimumque Dominum | D. DV FOVR | Abbatem de Al-

---

[1] Voir, pour les différences, Étude littéraire, p. 195.

NETO IN NEUSTRIA | NECNON SANCTI MACUTI | APUD ROTHOMA-
GENSES | RECTOREM[1].

In-4° de 36 pages.

Un feuillet pour le Titre, un feuillet pour la Dédicace, non
paginés, et 32 pages de texte.

Juillet, 242 vers, pages 1-9.

Août, 344 vers, pages 10-21.

Septembre, 320 vers, pages 22-32.

En tout 906 vers.

A la suite des indications bibliographiques données p. 196
de l'Étude littéraire, sur les MÉTAMORPHOSES RÉVÉLÉES, il faut
ajouter, ligne 6, après Apud DIONYSIUM BÉCHET. M. DC. LVI,
les mots : « Via Iacobæa, ad Nummum aureum sub Cir-
cino. »

Ils se trouvent sur l'exemplaire provenant du Séminaire de
Valognes, et compris dans le Recueil, faisant partie, aujour-
d'hui, de la Bibliothèque nationale.

Notre Bibliographie s'est bornée à mentionner le premier
livre des *Métamorphoses révélées*, le seul dont aient parlé les
Bibliographes de Grisel.

Le Recueil de Valognes nous a signalé l'existence d'un
second livre de ces *Métamorphoses révélées*, qui, dans l'intention de Grisel, devaient avoir douze livres, trois de moins
que les *Métamorphoses* d'Ovide, dont il semble s'être complu

---

[1] Voir *Ibidem*, p. 195.

à copier les titres, puisque les *Métamorphoses* viennent après les *Fastes*.

Ce second livre a pour titre :

HERCVLIS | GRISELLI | METAMORPHOSEON REVE-LATARVM | LIBER SECUNDUS. LUTETIÆ PARISIORVM. M. DC. LVII.

Il n'y a pas de dédicace dans le titre, parce que le second livre fait suite au premier, dédié à François de Péricard, évêque d'Angoulême[1].

C'est un in-4° de 24 pages, comme le premier livre. Il renferme en tout 688 vers hexamètres, et est divisé en dix parties, avec l'indication des sujets en manchettes.

Nous ne savons comment Grisel publia, en 1657, ce second livre des *Métamorphoses révélées*. S'il faisait suite à l'un de ses Recueils de poésie, ce ne peut être que dans celui qui a pour titre : *Epigrammatum Musa Erato*. Il est in-4°[2] et porte la date de 1657, comme les *Métamorphoses révélées*. Mais Grisel a bien pu faire aussi du second livre une publication distincte, continuant celle du premier livre, publié l'année précédente. En tout cas, les indications bibliographiques du premier livre (p. 196) s'appliquent au second.

[1] Voir Étude littéraire, p. 196.

[2] M. Frère, dans son *Bibliographe normand*, en fait un in-8°, et nous l'avons redit, d'après lui, page 197 de notre Étude littéraire. Le volume se trouve à la Bibliothèque publique de Rouen, O 1632 (a). C'est bien un in-4°, comme le prouvent les signatures. De même *Odarum tres Charites*, p. 196, dont nous avions fait un in-8°, d'après la même autorité, est un petit in-4°. Il faut lire aussi 40 pages au lieu de 48 pour *Erato*.

CONCLUSION.

———

Presque toutes les *Nouvelles Remarques sur les Fastes de Rouen* ne sont, à vrai dire, qu'une suite d'*Errata*, mais des *Errata* d'un caractère particulier, qui les sauve du reproche qu'on leur fait de manquer d'opportunité et d'utilité.

L'un dit : « Un errata est un acte de contrition qui vient toujours trop tard. »

Un autre ajoute : « Rien n'est plus inutile qu'un errata ; car, si la faute est aperçue, il ne peut rien apprendre ; dans le cas contraire, on n'est plus même tenté de le consulter. Il ne peut donc être placé à la fin d'un livre que par l'amour-propre de l'auteur, qui ne veut pas qu'on lui impute les fautes qu'il n'a pas faites, et même souvent celles qu'il a faites. »

La longue liste de nos *Errata* échappe à tous ces reproches.

Presque toujours, ils portent sur le fond même du texte et le sens s'y trouve intéressé. Ce n'est pas une simple erreur typographique, plus ou moins facile à rectifier.

Quant à l'hypothèse du lecteur retrouvant, par lui-même, les propres mots du texte, nous la croyons bien hasardée ;

car nous n'avons pu soupçonner les méprises du copiste, ni retrouver les nôtres, qu'à l'aide des trois exemplaires de l'édition originale.

Aujourd'hui, ces rectifications du texte, ces compléments de manchettes, ces redressements de nos interprétations, ont donc leur utilité évidente, aussi bien que la reproduction complète et fidèle du texte original, le premier devoir de tout éditeur sérieux.

Aussi n'avons-nous pas hésité à proposer la présente publication à la Société des Bibliophiles normands, dût-il nous en coûter quelques *Meâ culpâ*. Notre amour-propre d'éditeur a cédé devant l'intérêt supérieur de la vérité et devant l'utilité que ces Nouvelles Remarques, minutieuses et détaillées, en vue d'arriver à la correction et à l'exactitude la plus rigoureuse du texte et du sens, pouvaient avoir pour les travailleurs sérieux et pour les vrais amis de notre histoire locale.

Mais l'espoir d'être utile ne fût-il pas fondé, il n'en faudrait pas moins reconnaître la complaisance de M. Edouard Pelay, qui nous a laissé la liberté de publier des notes prises primitivement pour nous seul.

. Il n'en faudrait pas moins féliciter M. Léopold Delisle de l'heureuse découverte qui a permis de rectifier et de compléter, avec certitude, la partie la plus défectueuse des *Fastes de Rouen,* le texte d'Hercule Grisel, trop souvent maltraité par le premier copiste.

Si donc, désormais, au lieu d'un texte encore défiguré et

mutilé, même après toutes nos corrections primitives, on possède enfin le vrai texte, le texte intégral de Grisel, pour ces trois Trimestres d'Hiver, de Printemps et d'Été des *Fastes de Rouen*, on le devra à l'obligeance de MM. Pelay et L. Delisle, qui nous ont fait profiter, si libéralement, de l'acquisition et de la découverte de ces trois exemplaires uniques.

Aussi remplissons-nous un devoir strictement imposé, en les remerciant tous les deux, au nom des BIBLIOPHILES NORMANDS et au nôtre, du service rendu à notre histoire locale. Nous leur devrons, en effet, la bonne fortune, vainement attendue, pendant plus de vingt années, de posséder désormais un texte conforme à l'édition originale, et où se rencontreront le moins d'imperfections possibles.

TABLE.

www.ingramcontent.com/pod-product-compliance
Lightning Source LLC
Chambersburg PA
CBHW060841180626
46818CB00004B/1531